世界名詩選集 / 괴　　테

SEO MUN DANG'S
SCENTED TREASURY
OF WORLD POETRY
AND
FINE ART

世界名詩選集/박찬기 譯

괴 테

瑞文堂

괴테 차례

I. 만날 때와 헤어질 때

II. 언제까지나 영원토록

괴 테——원시(原詩)/차 례

Ⅰ. 만날 때와 헤어질 때

어린 소녀의 소원(所願)

아, 나에게
신랑(新郞)이 생겼으면!
그랬으면 얼마나 좋을까,
나더러 엄마라고 불러 주겠지.
그러면 학교에 안 가도 되고,
바느질도 배우러 갈 필요가 없겠지.
하인을 불러서 시킬 수도 있고
시녀(侍女)도 생기고, 꾸지람도 해 보고
사람을 시켜 예쁜 옷을
만들어 오게 할 수도 있겠지.
그 뿐 아니라 산책(散策)도 하러 나가고
또 무도회에 초청받아 갈 수도 있겠지.
그러고도 엄마 아빠한테
꾸중도 안 듣겠지.

WUNSCH EINES KLEINEN MÄDCHEN

Ach, fände für mich
Ein Bräutigam sich!
Wie schön ist's nicht da,
Man nennt uns Mama,
Da braucht man zum Nähen,
Zur Schul' nicht zu gehen,
Da kann man befehlen,
Hat Mägde, darf schmälen,
Da schickt man zum Schneider,
Gleich bringt der uns Kleider.
Da läßt man spazieren,
Auf Bälle sich führen
Und fragt nicht erst lange
Papa und Mama.

기 쁨

저 샘물 주변에
오색빛 잠자리,
물나비가 팔랑거린다.
마치 카멜레온처럼
때로는 어둡게 때로는 밝게 팔랑거린다.
때로는 붉고 파랗게, 때로는 파랗고 초록색이어서
아, 가까이 다가가
그 빛깔을 깊이 관찰하고 싶어라!

그때 작은 것이 내 앞을 스쳐 날아가더니
조용한 풀밭 위에 살포시 앉는다.
그 순간 내가 그것을 잡았다, 그것을 잡았다!
그래서 이제 그 빛깔을 자세히 관찰하니
그것은 쓸쓸한 진파랑색이었다.

기쁨이란, 그것을 분석하는 자에겐 바로 그러한 것!

DIE FREUDEN

Da flattert um die Quelle
Die wechselnde Libelle,
Der Wasserpapillon,
Bald dunkel und bald helle
Wie ein Chamäleon;
Bald rot und blau, bald blau und grün.
O daß ich in der Nähe
Doch seine Farben sähe!

Da fliegt der Kleine vor mir hin
Und setzt sich auf die stillen Weiden.
Da hab' ich ihn, da hab' ich ihn!
Und nun betracht' ich ihn genau
Und seh' ein traurig dunkles Blau.

So geht es dir, Zergliedrer deiner Freuden!

강변(江邊)에서

흘러가거라, 그리운 노래들이여
저 망각(忘却)의 바다로!
어느 소년도 기쁨에 차 그 노래 부르지 않고
꽃다운 소녀도 이제 다시 그 노래를 부르지 않는다.

그 노래들은 내 연인(戀人)에 대한 노래였을 뿐
이제 그녀는 나의 진실을 비웃으니,
이제 그것은 흐르는 물에 새겨진 노래였을 뿐
강물과 더불어 멀리 흘러가 버리리라.

AM FLUSSE

Verfließet, vielgeliebte Lieder,
Zum Meere der Vergessenheit!
Kein Knabe singt entzückt euch wieder,
Kein Mädchen in der Blütenzeit.

Ihr sanget nur von meiner Lieben;
Nun spricht sie meiner Treue Hohn.
Ihr wart ins Wasser eingeschrieben,
So fließt denn auch mit ihm davon.

밤

내가 즐겁게 머물렀던
이 오두막집을 떠나
소리없는 발걸음으로
이 황량한 숲을 헤매이고 싶네.
달의 여신(女神)은 떡갈나무에 깃든 밤으로부터
드러나고
부드러운 남서풍이 밤의 행로(行路)를 알려주면,
자작나무들은 몸을 기울여
밤에게 가장 달콤한 향기를 뿌려 준다네.

가슴에 벅차오르고
영혼까지 녹여 버리는 전율(戰慄)이
서늘하게 덤불 속을 거닌다네.
얼마나 아름답고 달콤한 밤인가!
기쁨! 환희! 거의 알 수가 없네!
그러나 창공(蒼空)이여, 나의 애인이
나에게 하룻밤을 준다면,
나는 그대에게 그대의 수천 밤들을 그대로
남겨 둘 것을.

DIE NACHT

Gern verlass' ich diese Hütte,
Meiner Schönen Aufenthalt,
Und durchstreich mit leisem Tritte
Diesen ausgestorbnen Wald.
Luna bricht die Nacht der Eichen,
Zephirs melden ihren Lauf,
Und die Birken streun mit Neigen
Ihr den süßten Weihrauch auf.

Schauer, der das Herze fühlen,
Der die Seele schmelzen macht,
Wandelt im Gebüsch im Kühlen.
Welche schöne, süße Nacht!
Freude! Wollust! Kaum zu fassen!
Und doch wollt' ich, Himmel, dir
Tausend deiner Nächte lassen,
Gäb' mein Mädchen eine mir.

이 별

입으로 차마 이별을 인사할 수 없어
눈짓으로 그냥 떠나보낸다 !
복받쳐 오르는 이별의 서러움 !
여느 때는 그래도 대장부(大丈夫)로 뽐내었건만.

사랑의 감미로운 선물(膳物)처럼
이제는 서러움일 뿐,
그대 입맞춤은 싸늘하고
그대 내미는 손은 힘이 없구나.

언젠가 살며시 훔치던 입맞춤,
아, 얼마나 황홀(恍惚)했던가 !
이른 봄날 제비꽃 따면서
우리는 그토록 즐거웠다.

허나 이제는 그대를 위해
꽃다발도 장미꽃도 딸 일은 없다.
사랑하는 이여, 봄은 왔건만
내게는 가을인 듯 쓸쓸하구나.

DER ABSCHIED

Laß Mein Aug' den Abschied sagen,
Den mein Mund nicht nehmen kann!
Schwer, wie schwer ist er zu tragen!
Und ich bin doch sonst ein Mann.

Traurig wird in dieser Stunde
Selbst der Liebe süßtes Pfand,
Kalt der Kuß von deinem Munde,
Matt der Druck von deiner Hand.

Sonst, ein leicht gestohlnes Mäulchen,
O Wie hat es mich entzückt!
So erfreuet uns ein Veilchen,
Das man früh im März gepflückt.

Doch mich pflücke nun kein Kränzchen,
Keine Rose mehr für dich.
Frühling ist es, liebes Fränzchen,
Aber leider Herbst für mich!

그림 그려진 리본으로

작은 꽃과 작은 꽃잎들을
가벼운 손으로 희롱하며
착하고 젊은 봄의 요정(妖精)들이
내 부드러운 리본 위에 뿌려 주네.

남서풍(南西風)아, 그대 날개 위에 그것을 실어
내 사랑하는 애인의 옷에 걸쳐 다오!
그러면 그녀는 생기(生氣)가 나서
거울 앞으로 달려가리라.

장미로 둘러싸인 제 모습을 보면서
자신도 장미처럼 신선(新鮮)하리니,
눈길 한 번 보내 주소, 사랑하는 사람이여!
내 그것으로 만족하리라.

이 내 가슴 속 마음을 헤아려 주고
내게 그대의 손을 내밀어 주오
그러면 우리 사이 맺어주는 그 리본이
결코 약한 장미 리본만은 아니리라!

MIT EINEM GEMALTEN BAND

Kleine Blumen, kleine Blätter
Streuen mir mit leichter Hand
Gute junge Frühlingsgötter
Tändelnd auf ein luftig Band.

Zephyr, nimm's auf deine Flügel,
Schling's um meiner Liebsten Kleid!
Und so tritt sie vor den Spiegel
All in ihrer Munterkeit.

Sieht mit Rosen sich umgeben,
Selbst wie eine Rose jung:
Einen Blick, geliebtes Leben!
Und ich bin belohnt genung.

Fühle, was dies Herz empfindet,
Reiche frei mir deine Hand,
Und das Band, das uns verbindet,
Sei kein schwaches Rosenband!

눈물의 환희

마르지 마라, 마르지 마라,
거룩한 사랑의 눈물이여 !
아, 반(半)이나 말라 버린 그 눈동자에는
세상이 얼마나 황량히 보이랴 !
마르지 마라, 마르지 마라,
영원한 사랑의 눈물이여 !

WONNE DER WEHMUT

Trocknet nicht, trocknet nicht,
Tränen der heiligen Liebe!
Ach, den halbtrocknen Augen schon
Wie öde, tot ist die Welt!
Trocknet nicht, trocknet nicht,
Tränen der ewigen Liebe!

법정(法廷)에서

이 뱃속의 아이가
누구의 아이인지는 말하지 않겠습니다.
퉤, 이 매춘부(賣春婦)! 하고 침을 뱉으시겠지만
저는 정숙(貞淑)한 여염(閭閻)집 계집입니다.

누구와 정(情)을 맺었는지는 말하지 않겠습니다.
그 분은 사랑스럽고 착한 사람이지요
목에 금목걸이를 걸었든
밀짚모자를 쓴 농부(農夫)이든 간에.

비웃음과 모욕(侮辱)을 참아야 한다면
저 혼자 당하겠습니다.
저는 그 분을 잘 알고 그 분도 저를 잘 알고 있습니다.
신(神)께서도 그 일을 잘 알고 계시지요.

목사님, 그리고 재판관님,
저를 그냥 내버려두세요!
이 아이는 어디까지나 제 자식입니다.
이것은 여러분도 어쩔 수가 없을 것입니다.

VOR GERICHT

Von wem ich's habe, das sag' ich euch nicht,
Das Kind in meinem Leib.
Pfui, speit ihr aus, die Hure da!
Bin doch ein ehrlich Weib.

Mit wem ich mich traute, das sag' ich euch nicht,
Mein Schatz ist lieb und gut,
Trägt er eine goldne Kett' am Hals,
Trägt er einen strohernen Hut.

Soll Spott und Hohn getragen sein,
Trag' ich allein den Hohn.
Ich kenn' ihn wohl, er kennt mich wohl,
Und Gott weiß auch davon.

Herr Pfarrer und Herr Amtmann ihr,
Ich bitt', laßt mich in Ruh!
Es ist mein Kind und bleibt mein Kind,
Ihr gebt mir ja nichts dazu.

작은 천사(天使)여

아, 내 너를 얼마나 그리워하는지
작은 천사(天使)여! 꿈 속에서나
꿈 속에서나 내게 나타나누나!
한없이 참으려 하지만
네 걱정이 가슴 속에 맴돌아
정신차려 숨쉴 수조차 없구나
아, 내 너를 얼마나 그리워하는지
그리고 너를 얼마나 소중히 여기는지
깊은 꿈 속에서조차 말이다.

KLEINER ENGEL

Ach, wie sehn' ich mich nach dir,
Kleiner Engel! Nur im Traum,
Nur im Traum erscheine mir!
Ob ich da gleich viel erleide,
Bang um dich mit Geistern streite,
Und erwachend atme kaum.
Ach, wie sehn' ich mich nach dir,
Ach, wie teuer bist du mir
Selbst in einem schweren Traum.

G. SEIGNAC

가을 느낌

그대 포도잎이여,
무럭무럭 푸르게 자라
울타리를 타고 내 창문까지 오르라!
쌍둥이 포도송이여,
알알이 불어나고
어서 빨리 더 빛나게 무르익어라!
어머니 같은 태양이 내리쬐어
그대들에게 이별의 눈짓 보내고
자비로운 하늘의 산들바람으로
그대들 풍성한 열매를 맺는다.
정다운 달님의 마술입김에
그대들은 서늘하게 식어
이슬에 젖었으니 아,
내 눈에 어리는 것은
영원히 살아 숨쉬는 연인의
한없이 솟구치는 눈물이어라.

HERBSTGEFÜHL

Fetter grüne, du Laub,
Am Rebengeländer
Hier mein Fenster herauf!
Gedrängter quellet,
Zwillingsbeeren, und reifet
Schneller und glänzend voller!
Euch brütet der Mutter Sonne
Scheideblick, euch umsäuselt
Des holden Himmels
Fruchtende Fülle;
Euch kühlet des Mondes
Freundlicher Zauberhauch,
Und euch betauen, ach!
Aus diesen Augen
Der ewig belebenden Liebe
Vollschwellende Tränen.

만날 때와 헤어질 때

내 가슴은 뛰었다 어서 말에 올라야지!
어느 새 나는 말을 타고 있었다.
저녁은 이미 대지(大地)를 잠재우고
산에는 어둠이 드리워져 있었다.
이미 떡갈나무는 안개옷을 입었고
거인(巨人)처럼 솟아 있는 그 곳에
어둠은 수백 개의 검은 눈을 굴리며
덤불 속에서 내다보고 있었다.

구름 덮인 언덕 위로 솟아오른 달은
안개 속에서 가련히 내려다보고 있었고,
바람은 나직이 날개를 치며
소름끼치게 내 귀를 소리내 스쳤다.
밤은 수천의 괴물(怪物)을 만들어냈지만
내 마음은 상쾌하고 즐거웠으니
내 혈관 속에 그 무슨 불꽃이었나!
내 가슴 속에 그 무슨 열기(熱氣)였나!

내 그대를 보니 그대의 감미로운 눈빛에서
온화한 기쁨이 내게 흘러들었다.
내 마음 온통 그대 곁에 머물러
모든 숨결마다 그대를 위한 것뿐.

장미빛 봄기운은
그 사랑스런 얼굴을 감돌았고
나를 위한 부드러운 애무(愛撫)——그대 신(神)들이여!
내 마음으로 원했으나 분에 넘치는 그대 사랑이여!

아, 그러나 벌써 아침해는 솟아
이별의 고통이 내 가슴을 조였으니
그대 입맞춤엔 기쁨이 넘치면서도
그대 눈 속엔 고통의 빛이 어렸어라!
내 떠날 때 그대 선 채 고개 떨구고
눈물어린 눈초리로 나를 전송했어도
사랑받는 것이 얼마나 큰 행복인가!
사랑하는 것 또한 얼마나 큰 행복인가, 신(神)들이여!

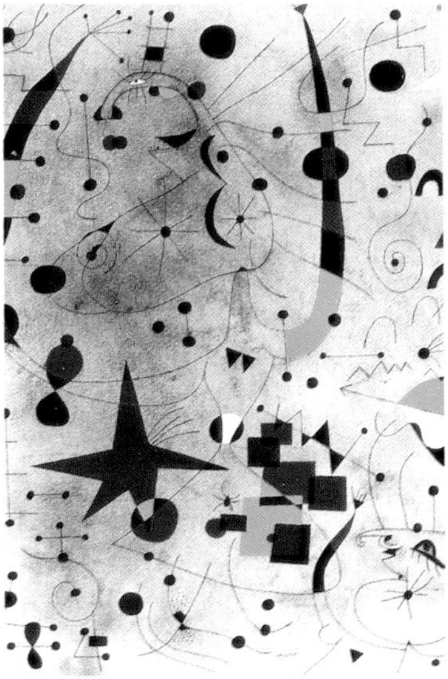

WILLKOMMEN UND ABSCHIED

Es schlug mein Herz, geschwind zu Pferde!
Es war getan fast eh gedacht.
Der Abend wiegte schon die Erde,
Und an den Bergen hing die Nacht;
Schon stand im Nebelkleid die Eiche,
Ein aufgetürmter Riese, da,
Wo Finsternis aus dem Gesträuche
Mit hundert schwarzen Augen sah.

Der Mond von einem Wolkenhügel
Sah kläglich aus dem Duft hervor,
Die Winde schwangen leise Flügel,
Umsausten schauerlich mein Ohr;
Die Nacht schuf tausend Ungeheuer,
Doch frisch und fröhlich war mein Mut:
In meinen Adern welches Feuer!
In meinem Herzen welche Glut!

Dich sah ich, und die milde Freude
Floß von dem süßen Blick auf mich;
Ganz war mein Herz an deiner Seite
Und jeder Atemzug für dich.
Ein rosenfarbnes Frühlingswetter
Umgab das liebliche Gesicht,
Und Zärtlichkeit für mich—ihr Götter!
Ich hofft' es, ich verdient' es nicht!

Doch ach, schon mit der Morgensonne
Verengt der Abschied mir das Herz:
In deinen Küssen welche Wonne!
In deinem Auge welcher Schmerz!
Ich ging, du standst und sahst zur Erden
Und sahst mir nach mit nassem Blick:
Und doch, welch Glück, geliebt zu werden!
Und lieben, Götter, welch ein Glück!

5월의 축제(祝祭)

대자연(大自然)은 나를 향해
얼마나 찬란히 빛나는가!
태양(太陽)은 얼마나 빛나는가!
초원(草原) 또한 어쩌면 저렇게 찬란한가!

나뭇가지마다
꽃들이 피어나고
덤불 속에선
수없는 노랫소리 들리노니

모든 이의 가슴에선
기쁨과 희열(喜悅)이 솟아나도다.
오, 대지여, 태양이여!
오, 행복이여, 환희여!

오, 사랑이여, 오, 사랑이여!
저 산(山) 위의
아침 구름같이
금빛 찬란하구나

신선한 들판 위에
그대 장엄한 축복(祝福)을 내리니——
이 충만(充滿)한 세계는
꽃안개로 넘치도다!

오, 소녀여, 소녀여,
내 그대를 얼마나 사랑하는가!
그대 눈은 한없이 반짝이고 있으니,
그대 또한 나를 얼마나 사랑하는가!

종달새는 이렇게
노래와 대기(大氣)를 사랑하고
아침의 꽃들은
하늘의 향기를 사랑하노니,

나 역시 피 뜨겁게
그대를 사랑하노라
그대는 내게 젊음과
기쁨과 용기(勇氣)를 주어

새로운 노래와
춤을 추게 하도다.
그대 나를 사랑하니
영원히 행복(幸福)하거라.

MAIFEST

Wie herrlich leuchtet
Mir die Natur!
Wie glänzt die Sonne!
Wie lacht die Flur!

Es dringen Blüten
Aus jedem Zweig
Und tausend Stimmen
Aus dem Gesträuch

Und Freud und Wonne
Aus jeder Brust.
O Erd', o Sonne,
O Glück, o Lust,

O Lieb', o Liebe,
So golden schön
Wie Morgenwolken
Auf jenen Höhn,

Du segnest herrlich
Das frische Feld——
Im Blütendampfe
Die volle Welt!

O Mädchen, Mädchen,
Wie lieb' ich dich!
Wie blinkt dein Auge,
Wie liebst du mich!

So liebt die Lerche
Gesang und Luft,
Und Morgenblumen
Den Himmelsduft,

Wie ich dich liebe
Mit warmen Blut,
Die du mir Jugend
Und Freud' und Mut

Zu neuen Liedern
Und Tänzen gibst.
Sei ewig glücklich,
Wie du mich liebst.

가니메트

아침 서광(曙光) 속에서처럼 주위에서
그대 나를 불타는 눈길로 바라보나니
봄이여, 사랑하는 이여!
한없는 사랑의 희열로
그대 영원한 열정(熱情)
성스러운 감정이
내 가슴에 파고드누나
무한히 아름다운 그대여!

그대를 내 품 속에
꼭 껴안았으면 좋으련만!

아, 그대 가슴에 안겨
애타게 그리워하니
그대의 꽃들이며 풀잎이
내 가슴에 스며드노라.
사랑스런 아침바람
그대는 내 가슴 속
타는 갈증(渴症)을 풀어 주고
안개 낀 골짜기 안에선
꾀꼬리가 다정하게 나를 부른다.

나는 가노라! 나는 가노라!
어디로? 아, 어디로 가는가?

위로! 위로 오르려 하니
구름은 아래로
떠내려와, 구름이
애타는 사랑을 향해 몸을 굽힌다
내게, 내게로!

그대들 품에 안겨
위로 올라가
얼싸안고 얼싸안으라!
위로
그대 가슴에 안기노라
사랑이 넘치는 아버지시여!

GANYMED

Wie im Morgenrot
Du rings mich anglühst,
Frühling, Geliebter!
Mit tausendfacher Liebeswonne
Sich an mein Herz drängt
Deiner ewigen Wärme
Heilig Gefühl,
Unendliche Schöne!

Daß ich dich fassen möcht'
In diesen Arm!

Ach, an deinem Busen
Lieg' ich, schmachte,
Und deine Blumen, dein Gras
Drängen sich an mein Herz.
Du kühlst den brennenden
Durst meines Busens,
Lieblicher Morgenwind,
Ruft drein die Nachtigall
Liebend nach mir aus dem Nebeltal.

Ich komme! Ich komme!
Wohin? Ach, wohin?

Hinauf, hinauf strebt's,
Es schweben die Wolken
Abwärts, die Wolken
Neigen sich der sehnenden Liebe,
Mir, mir!

In eurem Schoße
Aufwärts
Umfangend umfangen!
Aufwärts
An deinem Busen,
Alliebender Vater!

*가니메트 *(GANYMED)* : 제우스 *(Zeus)* 및 다른 신(神) 들의 헌작인(제사 때 술잔을 올리는 사람)인 미소년을 일컬음.

II. 언제까지나 영원토록

첫사랑을 잃고

아, 누가 그 아름다운 나날을 돌려 주리오
첫사랑의 나날을
아, 누가 그 사랑스러운 시절(時節)을 돌려 주리오
단 한 순간만이라도!
나 홀로 쓸쓸히 상처를 안고
끊임없이 탄식(歎息)을 되풀이하며
잃어버린 행복을 슬퍼하노라

아, 누가 그 아름다운 나날을 돌려 주리오
그 사랑스러운 시절(時節)을!

ERSTER VERLUST

Ach, wer bringt die schönen Tage,
Jene Tage der ersten Liebe,
Ach, wer bringt nur eine Stunde
Jener holden Zeit zurück!
Einsam nähr ich meine Wunde,
Und mit stets erneuter Klage
Traur ich ums verlorne Glück.

Ach, wer bringt die schönen Tage,
Jene holde Zeit zurück!

modigliani

사냥꾼의 저녁 노래

엽총에 탄알을 장전(裝塡)하고
살며시 또는 거칠게 들판을 지나노라면
그대 그리운 모습
귀여운 그 모습이 눈에 어린다.

그대 지금 조용하고 마음 차분히
들판과 그리운 골짜기를 가노라면
아, 재빨리 사라지는 내 모습이
그대 눈에 보이지 않는가?

그대의 버림을 받았기에
불만(不滿)과 괴로움에 넘쳐
동(東)으로 서(西)로 헤매며
세상을 방랑(放浪)하는 내 인생의 모습이로다.

내 그대 생각에 잠기면
달을 쳐다보는 듯하여
고요한 평화에 감싸인다
어쩐지 나도 모르게.

JÄGERS ABENDLIED

Im Felde schleich' ich still und wild,
Gespannt mein Feuerrohr,
Da schwebt so licht dein liebes Bild,
Dein Süßes Bild mir vor.

Du wandelst jetzt wohl still und mild
Durchs Feld und liebe Tal,
Und ach, mein schnell verrauschend Bild,
Stellt sich dir's nicht einmal?

Des Menschen, der die Welt durchstreift
Voll Unmut und Verdruß,
Nach Osten und nach Westen schweift,
Weil er dich lassen muß.

Mir ist es, denk' ich nur an dich,
Als in den Mond zu sehn;
Ein stiller Friede kommt auf mich,
Weiß nicht, wie mir geschehn.

언제까지나 영원히

이 지상(地上)의 울타리 안에 살고 있는 인간이
신(神)들의 이름으로 부르는 고귀한 행복이란 것은
흔들리지 않는 성실한 화합(和合)과
의심할 줄 모르는 우정(友情), 그리고
고독하게 사색(思索)에 잠겨 있는 현자(賢者)나
아름다운 심상(心像)에 잠긴 시인(詩人)에게서만
불타오르는 빛이거늘——
그 모든 것을 내 최선(最善)의 시간에
그녀에게서 발견하여 나는 내 것으로 했으니.

FÜR EWIG

Denn was der Mensch in seinen Erdeschranken
Von hohem Glück mit Götternamen nennt,
Die Harmonie der Treue, die kein Wanken,
Der Freundschaft, die nicht Zweifelsorge kennt,
Das Licht, das Weisen nur zu einsamen Gedanken,
Das Dichtern nur in schönen Bildern brennt——
Das hatt' ich all, in meinen besten Stunden,
In Ihr entdeckt und es für mich gefunden.

인간의 한계(限界)

태고(太古)의
성(聖)스러운 아버지께서
태연히 손을 벌려
몰려오는 구름 속에서
축복이 깃든 번개를
대지 위에 뿌리실 때
나는 그의 옷자락에
입맞추노라
순수한 어린 아이같이
두려움에 가슴 떨며.

그럴진대 인간(人間)은 누군들
신(神)들과 힘겨룸을
해서는 안 되느니
인간이 하늘에 올라
머리 끝이
별에 닿을지라도
불안한 발바닥을
놓을 자리는 없으리라
구름과 바람이
인간을 희롱(戱弄)할 뿐이네.

설령 인간이 단단하고
힘있는 뼈대로써
영원하고 굳건한 대지(大地) 위에
서 있는다 해도
떡갈나무나
포도넝쿨의 키에 견주어
우리는 더 높이
자랄 수는 없네.

신(神)들과 인간(人間)을
무엇으로 구별하겠는가?
신(神)들 앞에서
수많은 물결이 일어
영원한 강물을 이루노니,
물결이 우리를 들어올렸다가
삼켜 버리면
우리는 가라앉고 말리라.

하나의 작은 고리에
우리의 삶은 한정(限定)되었으니,
신(神)들은 끊임없이
숱한 인간세대(人間世代)를
그들 존재(存在)의 영원한 사슬에
꿰고 있다네.

GRENZEN DER MENSCHHEIT

Wenn der uralte
Heilige Vater
Mit gelassener Hand
Aus rollenden Wolken
Segnende Blitze
Über die Erde sät
Küss' ich den letzten
Saum seines Kleides,
Kindliche Schauer
Treu in der Brust.

Denn mit Göttern
Soll sich nicht messen
Irgend ein Mensch.
Hebt er sich aufwärts
Und berührt
Mit dem Scheitel die Sterne,
Nirgends haften dann
Die unsichern Sohlen,
Und mit ihm spielen
Wolken und Winde

Steht er mit festen,
Markigen Knochen
Auf der wohlgegründeten
Dauernden Erde,
Reicht er nicht auf,
Nur mit der Eiche
Oder der Rebe
Sich zu vergleichen.

Was unterscheidet
Götter von Menschen?
Daß viele Wellen
Vor jenen wandeln,
Ein ewiger Strom:
Uns hebt die Welle,
Verschlingt die Welle,
Und wir versinken.

Ein kleiner Ring
Begrenzt unser Leben,
Und viele Geschlechter
Reihen sie dauernd
An ihres Daseins
Unendliche Kette.

경　고(警告)

그대는 왜 점점 멀리서 방황하려 하는가?
보라, 좋은 것이란 아주 가까이 있단다.
다만 행복을 붙잡는 방법을 깨달으라
행복이란 항상 가까이 존재하는 법이니.

ERINNERUNG

Willst du immer weiter schweifen?
Sieh, das Gute liegt so nah.
Lerne nur das Glück ergreifen,
Denn das Glück ist immer da.

용　기(勇氣)

두려워 말고 얼음 위로 나아가라
가장 용감(勇敢)한 선구자(先驅者)들조차
가지 못한 길이 있는 곳에서는
그대 스스로 길을 개척(開拓)해 나아가라!

두려워마오, 사랑하는 연인이여, 나의 심장이여!
얼음이 깨지는 소리가 나도 갈라지지 않으리니!
비록 깨지더라도 그대와 나는 갈리지 않으리니!

MUT

Sorglos über die Fläche weg,
Wo vom kühnsten Wager die Bahn
Dir nicht vorgegraben du siehst,
Mache dir selber Bahn!

Stille, Liebchen, mein Herz!
Krachts gleich, brichts doch nicht!
Brichts gleich, brichts nicht mit dir!

왕(王)의 기원(祈願)

그렇다, 나는 세계(世界)의 주인(主人)
내게 봉사하는 귀족(貴族)들은 나를 사랑한다
그렇다, 나는 세계의 주인
내가 지배하는 귀족들을 나는 사랑한다
오, 하늘에 계시는 신(神)이여,
나의 고귀한 품위에 자만(自慢)하지 않게 하소서.

KÖNIGLICH GEBET

Ha, ich bin Herr der Welt, mich lieben
Die Edlen, die mir dienen.
Ha, ich bin Herr der Welt, ich liebe
Die Edlen, denen ich gebiete.
O gib mir, Gott im Himmel, daß ich mich
Der Höh' und Lieb' nicht überhebe.

산상(山上)에서
—— 사랑하는 릴리여 ——

사랑하는 릴리여, 내가 만약 그대를 사랑하지 않았더라면,
이 아름다운 경치가 얼마나 큰 기쁨이었겠는가?
그러나 릴리여, 내가 그대를 사랑하지 않았더라면,
여기서나 또 다른 곳에서 내가 어찌 행복을 얻을 수 있었겠는가?

VOM BERGE

Wenn ich, liebe Lili, dich nicht liebte,
Welche Wonne gäb' mir dieser Blick!
Und doch, wenn ich, Lili, dich nicht liebte,
Fänd' ich hier und fänd' ich dort mein Glück?

호수(湖水) 위에서

그리고 신선한 양분(養分), 새 혈액을
자유로운 세계로부터 나는 흡수(吸收)하네.
나를 가슴에 품어 주는 자연은
얼마나 인자(仁慈)하고 선(善)한가!
물결은 우리의 작은 배를
노젓는 박자에 맞춰 밀어올리고,
구름 낀 하늘에 닿은 산(山)은
우리의 항로(航路)를 맞아 주네.

눈, 내 눈이여, 왜 눈길을 떨구는가?
황금빛 꿈들이여, 그대들이 다시 오려는가?
물러가라, 그대 꿈이여, 그대가 황금빛이지만
여기에도 사랑과 삶은 있네.

물결 위에는
수많은 별들이 흘러 반짝이고,
부드러운 안개는
솟아 있는 먼 경치를 둘러싸 삼키네.
아침바람은
그늘진 만(灣)을 감싸 불고,
호수(湖水) 위에는
익어가는 열매가 비추이고 있네.

AUF DEM SEE

Und frische Nahrung, neues Blut
Saug' ich aus freier Welt;
Wie ist Natur so hold und gut,
Die mich am Busen hält!
Die Welle wieget unsern Kahn
Im Rudertakt hinauf,
Und Berge, wolkig himmelan,
Begegnen unserm Lauf.

Aug', mein Aug', was sinkst du nieder?
Goldne Träume, kommt ihr wieder?
Weg, du Traum, so gold du bist:
Hier auch Lieb' und Leben ist.

Auf der Welle blinken
Tausend schwebende Sterne,
Weiche Nebel trinken
Rings die türmende Ferne;
Morgenwind umflügelt
Die beschattete Bucht,
Und im See bespiegelt
Sich die reifende Frucht.

들장미

한 소년이 피어 있는 장미를 보았네
들에 핀 장미.
갓 피어나 싱그럽고 아름다웠네
소년이 가까이 보려고 달려가
기쁘게 바라보았네.
장미야, 장미야, 붉은 장미야,
들에 핀 장미.

소년이 말했다 : 내 너를 꺾을 테야
들에 핀 장미 !
장미가 말했다 : 난 너를 찌를 거야
언제까지 나를 잊지 않도록
그리고 나는 꺾이지 않을 거야.
장미야, 장미야, 붉은 장미야.
들에 핀 작은 장미.

개구장이 소년은 꺾고 말았네
들에 핀 장미를.
장미는 저항하며 찔렀지만
비명도 소용없이
꺾이고 말았네.
장미야, 장미야, 붉은 장미야.
들에 핀 장미.

HEIDENRÖSLEIN

Sah ein Knab' ein Röslein stehn,
Röslein auf der Heiden,
War so jung und morgenschön,
Lief er schnell, es nah zu sehn,
Sah's mit vielen Freuden.
Röslein, Röslein, Röslein rot,
Röslein auf der Heiden.

Knabe sprach: Ich breche dich,
Röslein auf der Heiden!
Röslein sprach: Ich steche dich,
Daß du ewig denkst an mich,
Und ich will's nicht leiden.
Röslein, Röslein, Röslein rot,
Röslein auf der Heiden.

Und der wilde Knabe brach
's Röslein auf der Heiden;
Röslein wehrte sich und stach,
Half ihr doch kein Weh und Ach,
Mußt' es eben leiden.
Röslein, Röslein, Röslein rot,
Röslein auf der Heiden.

프로메테우스

제우스 신(神)이여, 구름안개로
그대의 하늘을 덮을 테면 덮어라!
그리고 힘을 떨쳐라,
엉겅퀴를 베는 소년과도 같이
떡갈나무와 산꼭대기를 얼마든지 쳐부숴라!
하지만 나의 이 땅은
그대가 침범(侵犯)할 수 없다.
그리고 나의 이 오두막집도
그대가 짓지 않은 것이니, 그대로 놓아두라.
나의 화덕도 그냥 놓아두거라.
그 속의 불실을
그대가 부러워하겠지만.

태양(太陽) 아래 그대 신(神)들보다
더 가련한 자 나는 알지 못하노라.
그대들은 초라하게도
제물이나 기도(祈禱)의 입김으로
그대들의 위신을 연명해 나가누나.
그리고 아이들과 거지들의 헛된 희망으로
그대들에게 바쳐진 공물(供物)이 없었던들
그대들은 굶주림에 허덕였으리라.

내가 어린 아이여서
어쩔 바를 몰랐을 때,
내 방향 잃은 시선(視線)은 태양을 우러렀으니,
마치 그 곳에는
내 탄식을 들어주는 귀가 있을까 하고,
고뇌(苦惱)에 우는 자를 불쌍히 여길
내 마음 같은 마음이 있을까 해서.

누가 나를 도와
거드름 피우는 거인들과 싸워 주었는가?
죽음과 속박(束縛)으로부터
누가 나를 구원(救援)할 수 있었던가?
성스럽게 불타는 가슴이여,
모든 것을 네 스스로 해내지 않았던가?
그리하여 젊고 선한 네 마음이 불타올랐거늘
천상(天上)에서 잠자는 자에 대하여
어찌 구원의 감사를 올려야 되겠는가?

내 그대를 존경(尊敬)한다고? 무엇 때문에?
그대가 언제 무거운 짐진 나의 고통을
덜어 준 적이 있었는가?
그대가 언제 불안에 우는 나의 눈물을
그치게 해 준 적이 있었는가?

나를 굳센 사나이로 만들어 준 것은
나와 그대의 공동의 주인인
전능(全能)한 「시간(時間)」과
영원한 「운명(運命)」이 아니었던가?

모든 소년의 아침——
꽃 같은 꿈들이 열매 맺지 못했다 하여
내가 인생을 저주(咀呪)하며
황야(荒野)로 도피(逃避)하리라고
그대 망상(妄想)했던가?

내 여기 앉아 인간(人間)을 만드노니
나의 모습을 따르고
나와 닮은 종족(種族)이로다,
그들은 나와 똑같이 번민하며
울기도 하고,
즐거움을 누리고 기뻐하며
그리고 그대를 숭배(崇拜)하지 않는
인간이리라.

PROMETHEUS

Bedecke deinen Himmel, Zeus,
Mit Wolkendunst!
Und übe, Knaben gleich,
Der Diesteln köpft,
An Eichen dich und Bergeshöhn!
Mußt mir meine Erde
Doch lassen stehn,
Und meine Hütte,
Die du nicht gebaut,
Und meinen Herd,
Um dessen Glut
Du mich beneidest.

Ich kenne nichts Ärmer's
Unter der Sonn' als euch Götter.
Ihr nähret kümmerlich
Von Opfersteuern
Und Gebetshauch
Eure Majestät
Und darbtet, wären
Nicht Kinder und Bettler
Hoffnungsvolle Toren.

Da ich ein Kind war,
Nicht wußte, wo aus, wo ein,
Kehrte mein verirrtes Aug'
Zur Sonne, als wenn drüber wär'
Ein Ohr, zu hören meine Klage,
Ein Herz wie meins,
Sich des Bedrängten zu erbarmen.

Wer half mir wider
Der Titanen Übermut?
Wer rettete vom Tode mich,
Von Sklaverei?
Hast du's nicht alles selbst vollendet,
Heilig glühend Herz?
Und glühtest, jung und gut,
Betrogen, Rettungsdank
Dem Schlafenden dadroben?

Ich dich ehren? Wofür?
Hast du die Schmerzen gelindert
Je des Beladenen?
Hast du die Tränen gestillet
Je des Geängsteten?

Hat nicht mich zum Manne geschmiedet
Die allmächtige Zeit
Und das ewige Schicksal,
Meine Herrn und deine?

Wähntest du etwa,
Ich sollte das Leben hassen,
In Wüsten fliehn,
Weil nicht alle Knabenmorgen——
Blütenträume reiften?

Hier sitz' ich, forme Menschen
Nach meinem Bilde,
Ein Geschlecht, das mir gleich sei,
Zu leiden, weinen,
Genießen und zu freuen sich,
Und dein nicht zu achten,
Wie ich.

*프로메테우스(*PROMETHEUS*) : 그리스 신화 중의 영웅. 천계(天界)에서 제우스를 속여 불을 훔쳐 인류에게 준 까닭으로 벌을 받았으나 수천년 후 헤라클레스에 의해 구출되었음.

동 경(憧憬)

이것은 마지막 눈물이 아니리라
불타는 가슴 위로 솟아오르는 것은
이루 말할 수 없는 새로운 괴로움으로
마음 아파하다 가만히 가라앉는 것은.

아, 언제나 어디서나
영원한 사랑을 느끼게 해 주오
신경과 혈관을 파헤치고
고통(苦痛)이 또한 잇달을지라도.

아, 영원한 자여, 그대 사랑으로
내 마음 언젠가 충만(充滿)되게 해 주오!
아, 이러한 싶고 깊은 고통이
얼마나 이 세상에서 계속될 것인가!

SEHNSUCHT

Dies wird die letzte Trän' nicht sein,
Die glühend Herz-auf quillet,
Das mit unsäglich-neuer Pein
Sich schmerzvermehrend stillet.

O laß doch immer hier und dort
Mich ewig Liebe fühlen,
Und möcht' der Schmerz auch also fort
Durch Nerv und Adern wühlen.

Könnt' ich doch ausgefüllt einmal
Von dir, o Ew'ger, werden!
Ach, diese lange tiefe Qual,
Wie dauert sie auf Erden!

새로운 사랑, 새로운 인생

가슴, 이 내 가슴이여, 이 어찌된 일인가
무엇이 내 가슴을 그토록 억누르는가?
이게 어찌된 낯설고 새로운 삶인가——
난 더 이상 그대를 이해 못하겠노라.
그대가 사랑했던 모든 것은 사라지고
그대가 슬퍼하던 것도 사라졌으며,
그대의 노력과 그대의 안식도 사라졌으니——
아, 그대는 어찌 그리 되었는고?

그대를 매혹(魅惑)시킨 것은 젊음의 꽃이런가
그 사랑스러운 모습인가
무한한 힘을 지닌
성실과 정(情)에 넘치는 그 눈매인가?
내가 재빨리 그녀로부터 달아나려 해도
불현듯 내 걸음은
——아—— 그녀 곁으로 나를 끌어가누나.

그리고 끊어지지 않는
이 마법(魔法)의 가는 실로
사랑스럽고 장난기어린 그 소녀는
억지로 나를 꽁꽁 묶어 버렸노라.

이제 난 그녀의 마법의 테두리에 갇혀
그녀의 뜻대로 살아갈 수밖에 없구나.
이 변화, 아, 엄청난 변화!
사랑, 사랑이여, 나를 놓아 주려무나!

NEUE LIEBE, NEUES LEBEN

Herz, mein Herz, was soll das geben,
Was bedränget dich so sehr?
Welch ein fremdes neues Leben——
Ich erkenne dich nicht mehr.
Weg ist alles, was du liebtest,
Weg, worum du dich betrübtest,
Weg dein Fleiß und deine Ruh——
Ach, wie kamst du nur dazu?

Fesselt dich die Jugendblüte,
Diese liebliche Gestalt,
Dieser Blick voll Treu und Güte
Mit unendlicher Gewalt?
Will ich rasch mich ihr entziehen,
Mich ermannen, ihr entfliehen,
Führet mich im Augenblick
——Ach——mein Weg zu ihr zurück.

Und an diesem Zauberfädchen,
Das sich nicht zerreißen läßt,
Hält das liebe lose Mädchen
Mich so wider Willen fest.
Muß in ihrem Zauberkreise
Leben nun auf ihre Weise;
Die Verändrung, ach, wie groß!
Liebe, Liebe, laß mich los!

성　찰(省察)

아, 인간은 도대체 무엇을 원해야 하는 것인가?
가만히 있는 것이 옳은가?
자신에 꼭 매달려 있어야 하는가?
바쁘게 활동하는 것이 나을까?
자신의 작은 집을 지어야 하는 것인가?
천막(天幕) 아래서 살아야 하는 것인가?
바위를 믿어야 하는 것인가?
굳은 바위조차도 흔들리는 법이거늘.

한 가지 일이 누구에게나 해당되는 것은 아니리라!
자기가 어떻게 행동할 것인가를 각자 살피고
자신이 어디에 머물러 있는지를 스스로 판단하여,
각자의 입지(立地)에서 넘어지지 않도록 조심할 것을!

BEHERZIGUNG

Ach, was soll der Mensch verlangen?
Ist es besser, ruhig bleiben?
Klammernd fest sich anzuhangen?
Ist es besser, sich zu treiben?
Soll er sich ein Häuschen bauen?
Soll er unter Zelten leben?
Soll er auf die Felsen trauen?
Selbst die festen Felsen beben.

Eines schickt sich nicht für alle!
Sehe jeder, wie ers treibe,
Sehe jeder, wo er bleibe,
Und wer steht, daß er nicht falle!

하프를 타는 사람(고독)

고독(孤獨)에 잘 잠기는 사람은
아, 그는 마침내 외롭게 되리라.
모두 다 제각기 살며, 제각기 사랑하느라고
외로운 자의 괴로움을 돌보지 못하리라.

좋다! 슬픔에 잠긴 나를 버려두어라!
그러면 내 언젠가 한 번
진정으로 고독해 질 수 있을 때
나는 외로워하지 않으리라.

사랑하는 사람이 살며시 다가와
자기 애인(愛人)이 외롭지 않은가 살피듯이
이렇게 낮이나 밤이나
괴로움은 고독한 내게 살며시 다가온다.

고통도 고독한 내게 숨어든다.
아, 언젠가 무덤 속에
내가 고독하게 누웠을 때
슬픔과 괴로움은 내게서 떠나리라!

HARFENSPIELER (EINSAMKEIT)

Wer sich der Einsamkeit ergibt,
Ach! der ist bald allein;
Ein jeder lebt, ein jeder liebt
Und läßt ihn seiner Pein.

Ja! laßt mich meiner Qual!
Und kann ich nur einmal
Recht einsam sein,
Dann bin ich nicht allein.

Es schleicht ein Liebender lauschend sacht,
Ob seine Freundin allein?
So überschleicht bei Tag und Nacht
Mich Einsamen die Pein,

Mich Einsamen die Qual.
Ach, werd ich erst einmal
Einsam im Grabe sein,
Da läßt sie mich allein!

하프를 타는 사람(눈물)

눈물 흘리며 빵을 먹어 본 적이 없는 사람은,
슬픔 속에 며칠 밤을 잠자리에서
울며 지샌 적이 없는 사람은,
그대를 알지 못하리라, 그대, 천상(天上)의 힘이여.

그대는 우리를 세상에 보냈으며
불쌍한 우리에게 죄(罪)를 짓게 하였고
괴로움에 떨게 내버려두었도다,
모든 죄가 이 세상에선 벌(罰)받아야 하기에.

문간마다 살며시 다가와
조용하고 얌전히 나는 서 있으리
누군가 인자한 손을 내밀어 양식(糧食)을 보태주면
나는 다음 집으로 가리.
내 모습이 이렇게 그들 앞에 나타나면
제각기 자신을 행복하다 여기고
그들은 눈물 흘릴 것이나,
나는 그들이 왜 우는지 알지 못하리라.

HARFENSPIELER(MIT TRÄNEN)

Wer nie sein Brot mit Tränen aß,
Wer nie die kummervollen Nächte
Auf seinem Bette weinend saß,
Der kennt euch nicht, ihr himmlischen Mächte.

Ihr führt ins Leben uns hinein,
Ihr laßt den Armen schuldig werden,
Dann überlaßt ihr ihn der Pein:
Denn alle Schuld rächt sich auf Erden.

An die Türen will ich schleichen,
Still und sittsam will ich stehn;
Fromme Hand wird Nahrung reichen,
Und ich werde weitergehn.
Jeder wird sich glücklich scheinen,
Wenn mein Bild vor ihm erscheint;
Eine Träne wird er weinen,
Und ich weiß nicht, was er weint.

쉼없는 사랑

눈(雪)과 비(雨)
바람을 무릅쓰고
협곡(峽谷)에 가득한
안개를 헤치며
앞으로! 앞으로!
쉬지 않고 앞으로!

수많은 인생(人生)의 즐거움을
누리기보다는
괴로움을 겪으며
이겨 나가리라.

마음에서 마음으로
흐르는 연정(戀情)은
아, 어찌 그렇게
고통을 낳는가!

어떻게 피할 수 있겠는가?
숲 속으로 가야 하겠는가?
모두 헛일이로다!
사랑이여, 그대는
삶의 왕관(王冠)
쉼없는 행복(幸福)이로다!

RASTLOSE LIEBE

Dem Schnee, dem Regen,
Dem Wind entgegen,
Im Dampf der Klüfte,
Durch Nebeldüfte,
Immer zu! Immer zu!
Ohne Rast und Ruh!

Lieber durch Leiden
Möcht ich mich schlagen,
Als so viel Freuden
Des Lebens ertragen.

Alle das Neigen
Von Herzen zu Herzen,
Ach, wie so eigen
Schaffet das Schmerzen!

Wie soll ich fliehen?
Wälderwärts ziehen?
Alles vergebens!
Krone des Lebens,
Glück ohne Ruh,
Liebe, bist du!

물 위 정령(精靈)의 노래

인간의 영혼(靈魂)은
물과 같다.
하늘에서 내려와
하늘로 올라가고
다시 땅으로
돌아오게 되어 있으니,
영원히 반복되는 것.

높고 가파른
암벽(岩壁)으로부터
그 맑은 물줄기는 흘러내려
매끄러운 바위 위로
구름처럼 피어나서
아름답게 흩어지고,
가볍게 안겨서
물거품을 이루어
가볍게 살랑거리며
골짜기로 흘러내린다.

절벽(絶壁)이 솟아 있어
그 흐름을 막으면
성난 거품을 내뿜어

차례차례
심연(深淵)으로 떨어진다.

평탄한 초원의 골짜기를
조용히 흘러가고
거울 같은 호수에 이르면
숱한 별들은
얼굴을 담그고 즐긴다.

바람은
물결의 정다운 연인(戀人)
바닥까지 흔들어
거품 이는 파도를 일게 한다.

인간의 영혼이여,
그대는 진정 물과도 같구나!
인간의 운명이여,
그대는 진정 바람과도 같구나!

GESANG DER GEISTER ÜBER DEN WASSERN

Des Menschen Seele
Gleicht dem Wasser:
Vom Himmel kommt es,
Zum Himmel steigt es,
Und wieder nieder
Zur Erde muß es,
Ewig wechselnd.

Strömt von der hohen,
Steilen Felswand
Der reine Strahl,
Dann stäubt er lieblich
In Wolkenwellen
Zum glatten Fels,
Und leicht empfangen
Wallt er verschleiernd,
Leisrauschend
Zur Tiefe nieder.

Ragen Klippen
Dem Sturz entgegen,
Schäumt er unmutig
Stufenweise
Zum Abgrund.

Im flachen Bette
Schleicht er das Wiesental hin,
Und in dem glatten See
Weiden ihr Antlitz
Alle Gestirne.

Wind ist der Welle
Lieblicher Buhler;
Wind mischt vom Grund aus
Schäumende Wogen.

Seele das Menschen,
Wie gleichst du dem Wasser!
Schicksal des Menschen,
Wie gleichst du dem Wind!

Ⅲ. 사랑이여 노래여…

바다의 적막(寂寞)

깊은 적막(寂寞)이 물 속에 깔려 있고
바다는 고요 속에 휴식을 취하니
뱃사공은 근심에 잠겨
매끄러운 주변의 수면(水面)을 응시한다.
바람 한 점 느낄 수 없는 바다!
무서운 죽음의 적막이여!
끝없이 펼쳐진 해면(海面)엔
물결 한 굽이 일지도 않는다.

MEERES STILLE

Tiefe Stille herrscht im Wasser,
Ohne Regung ruht das Meer,
Und bekümmert sieht der Schiffer
Glatte Fläche ringsumher.
Keine Luft von keiner Seite!
Todesstille fürchterlich!
In der ungeheuern Weite
Reget keine Welle sich.

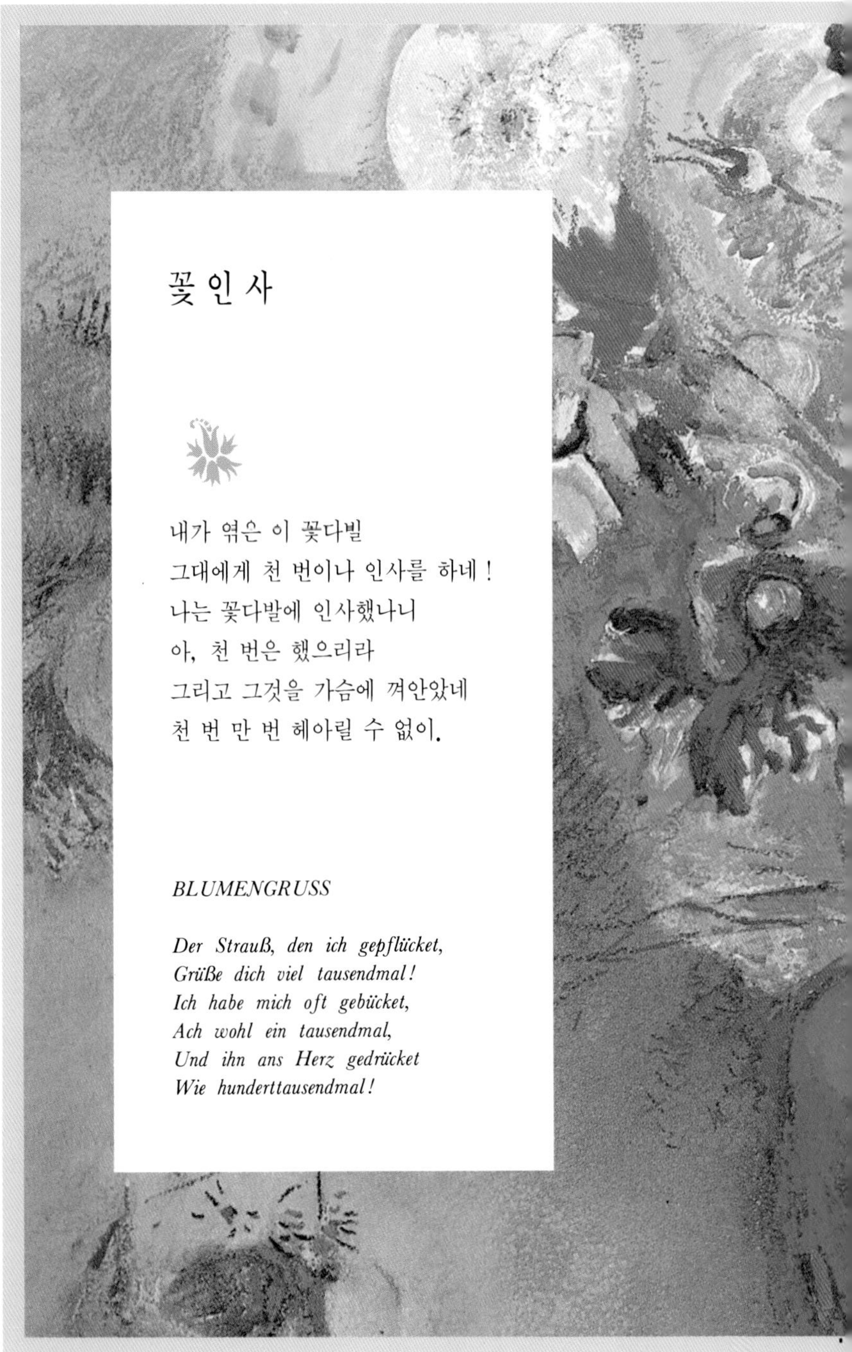

꽃 인 사

내가 엮은 이 꽃다빌
그대에게 천 번이나 인사를 하네 !
나는 꽃다발에 인사했나니
아, 천 번은 했으리라
그리고 그것을 가슴에 껴안았네
천 번 만 번 헤아릴 수 없이.

BLUMENGRUSS

Der Strauß, den ich gepflücket,
Grüße dich viel tausendmal!
Ich habe mich oft gebücket,
Ach wohl ein tausendmal,
Und ihn ans Herz gedrücket
Wie hunderttausendmal!

요정(妖精)의 노래

사람들이 비로소 잠든 한밤중
달이 우리 위에서 빛나네
별이 우리들에게 빛을 보내네
우리는 거닐며 노래하고
이제야 즐겁게 춤추네.

사람들이 비로소 잠든 한밤중
초원(草原) 위 오리나무 옆에
우리는 우리의 공간을 찾아
거닐고 노래하며
꿈을 춤추네.

GESANG DER ELFEN

Um Mitternacht, wenn die Menschen erst schlafen,
Dann scheinet uns der Mond,
Dann leuchtet uns der Stern,
Wir wandeln und singen
Und tanzen erst gern.

Um Mitternacht, wenn die Menschen erst schlafen,
Auf Wiesen an den Erlen
Wir suchen unsern Raum
Und wandeln und singen
Und tanzen einen Traum.

희 망

내 손으로 하는 나날의 일을 주어,
내가 완성시켜 드높은 행복을 누리게 하라!
아, 나를 지치지 않게 하라!
아니다, 그것은 헛된 꿈이 아니다.
지금은 그저 줄기뿐인 이 나무들
언젠가 열매 맺고 그늘을 주리니.

HOFFNUNG

Schaff,' das Tagwerk meiner Hände,
Hohes Glück, daß ich's vollende!
Laß, o laß mich nicht ermatten!
Nein, es sind nicht leere Träume:
Jetzt nur Stangen, diese Bäume
Geben einst noch Frucht und Schatten.

마　왕(魔王)

이 늦게 바람 부는 밤을 가르며 말달리는 자 누구인가?
그것은 아이를 데리고 가는 아버지였다.
아버지는 소년을 팔 안에 꼭 끼어안고
포근히 따스하게 감싸며 달리고 있었다.──

얘야, 너는 왜 그리 겁을 내 얼굴을 묻느냐?──
보세요　아빠는 저 마왕(魔王)이 보이지 않나요?
왕관(王冠)을 쓰고 긴 옷자락을 끌고 있는 지 마왕 말예요──
얘야, 그것은 마왕이 아니고 안개의 흐름이란다.──

「귀여운 아이야, 이리 온, 나와 함께 가자꾸나!
나와 함께 아주 재미 있는 놀이를 하자꾸나.
여러 가지 오색 꽃이 해변가에 피어 있고,
우리 어머니는 황금빛 수많은 옷을 가졌단다.」

아빠, 아빠, 들리지 않으세요?
마왕이 가만히 나에게 약속하는 소리예요. ——
가만히 있거라, 얘야! 그것은 마왕의 소리가 아니라
마른 잎새에서 바람이 스쳐가는 소리란다. ——

「귀여운 아이야, 나와 함께 가지 않으련?
우리 딸들이 너를 기다리고 있단다.
우리 딸들이 밤의 윤무(輪舞)로 안내해
춤추고 노래하며 얼러서 즐겁게 재워 줄 거란다.」

아빠, 아빠, 저기 어두운 곳에
마왕의 딸들이 보이지 않으세요? ——
얘야, 얘야, 그렇지 않단다. 그것은
오래 된 버드나무가 저렇게 뿌옇게 보이는 거란다. ——

「나는 네가 좋구나. 네 예쁜 모습이 나를 사로잡는구나.
네가 말을 듣지 않으면, 내 억지로라도 데려가리라. ——」
아빠, 아빠, 지금 마왕이 나를 붙잡았어요!
그가 나를 해치고 있어요! ——

아버지는 소름이 끼쳐 서둘러 말을 몰아
신음하는 아들을 팔에 안고 더욱 달렸다.
간신히 집에 도착하여보니
품 속의 아이는 죽어 있었다.

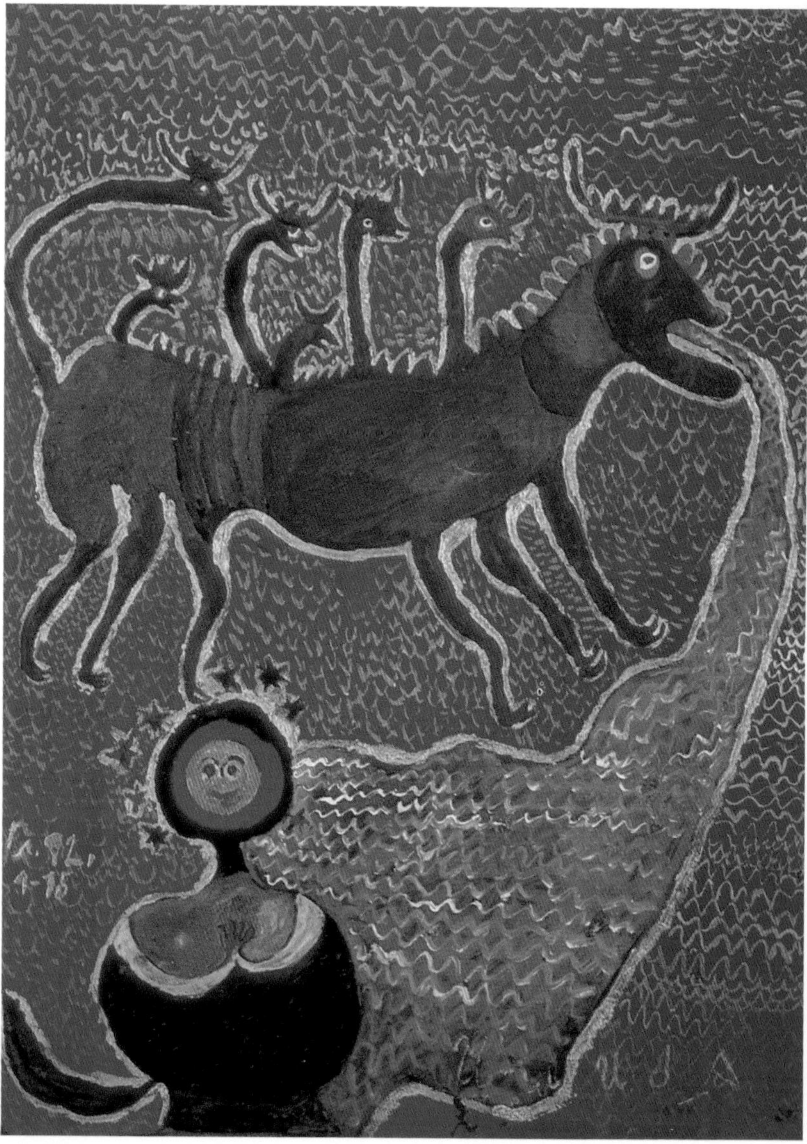

ERLKÖNIG

Wer reitet so spät durch Nacht und Wind?
Es ist der Vater mit seinem Kind;
Er hat den Knaben wohl in dem Arm,
Er faßt ihn sicher, er hält ihn warm.——

Mein Sohn, was birgst du so bang dein Gesicht?——
Siehst, Vater, du den Erlkönig nicht?
Den Erlenkönig mit Kron' und Schweif?——
Mein Sohn, es ist ein Nebelstreif.——

"Du liebes Kind, komm, geh mit mir!
Gar schöne Spiele spiel' ich mit dir;
Manch' bunte Blumen sind an dem Strand;
Meine Mutter hat manch' gülden Gewand."

Mein Vater, mein Vater, und hörest du nicht,
Was Erlenkönig mir leise verspricht?——
Sei ruhig, bleibe ruhig, mein Kind!
In dürren Blättern säuselt der Wind.——

"Willst, feiner Knabe, du mit mir gehn?
Meine Töchter sollen dich warten schön;
Meine Töchter führen den nächtlichen Reihn
Und wiegen und tanzen und singen dich ein."

Mein Vater, mein Vater, und siehst du nicht dort
Erlkönigs Töchter am düstern Ort?——
Mein Sohn, mein Sohn, ich seh' es genau;
Es scheinen die alten Weiden so grau.——

"Ich liebe dich, mich reizt deine schöne Gestalt;
Und bist du nicht willig, so brauch' ich Gewalt."——
Mein Vater, mein Vater, jetzt faßt er mich an!
Erlkönig hat mir ein Leids getan!——

Dem Vater grauset's, er reitet geschwind,
Er hält in Armen das ächzende Kind,
Erreicht den Hof mit Mühe und Not;
In seinen Armen das Kind war tot.

자기 기만(欺瞞)

이웃 소녀의 집 커튼이
이리저리 흔들린다.
틀림없이 이쪽을 엿보고 있으리라
내가 집에 왔는가 하고.

내가 낮에 품었던
질투의 노여움이
언제나 변함없이
가슴 속에 일고 있는가 하고.

하지만 그 예쁜 소녀에게선
그런 느낌이 없었다.
다시 보니 커튼이 흔들리는 것은
저녁바람 때문이로다.

SELBSTBETRUG

Der Vorhang schwebet hin und her
Bei meiner Nachbarin.
Gewiß, sie lauschet überquer,
Ob ich zu Hause bin,

Und ob der eifersüchtge Groll,
Den ich am Tag gehegt,
Sich, wie er nun auf immer soll,
Im tiefen Herzen regt.

Doch leider hat das schöne Kind
Dergleichen nicht gefühlt.
Ich seh, es ist der Abendwind,
Der mit dem Vorhang spielt.

자연(自然)과 예술(藝術)은…

자연(自然)과 예술(藝術), 그것은 서로 피하는 듯하면서
우리가 생각하기 전에 서로 화합(和合)했다.
내게서도 적대(敵對)의 마음이 사라졌으니
그 둘이 똑같이 내 마음을 끄는 듯하다.

열심히 노력하는 것만이 중요하다!
그러니 우리가 제시간에 비로소
정신차려 열심히 예술에 매달리면
자연은 우리 마음 속에 다시 불타오르리라.

모든 교양(敎養) 또한 그렇게 얻을 수 있으니
방종한 정신으로 숭고(崇高)한 정신의 완성을 얻으려
애쓴들 헛된 일이로나.

위대(偉大)한 것을 얻으려는 자는 전력(全力)을 기울여야
한다.
제한(制限)속에서 대가(大家)가 비로소 드러나고
법칙(法則)만이 우리에게 자유를 줄 수 있다.

NATUR UND KUNST…

Natur und Kunst, sie scheinen sich zu fliehen
Und haben sich, eh' man es denkt, gefunden;
Der Widerwille ist auch mir verschwunden,
Und beide scheinen gleich mich anzuziehen.

Es gilt wohl nur ein redliches Bemühen!
Und wenn wir erst in abgemeßnen Stunden
Mit Geist und Fleiß uns an die Kunst gebunden,
Mag frei Natur im Herzen wieder glühen.

So ist's mit aller Bildung auch beschaffen:
Vergebens werden ungebundne Geister
Nach der Vollendung reiner Höhe streben.

Wer Großes will, muß sich zusammenraffen;
In der Beschränkung zeigt sich erst der Meister,
Und das Gesetz nur kann uns Freiheit geben.

시(詩)를 사랑하는 사람에게

시인(詩人)은 침묵을 좋아하지 않고
세상에 자신을 나타내려 한다.
칭찬이나 비난을 받아도 좋다!
누구도 산문(散文)으로 고해(告解)하려 하지 않는다.
뮤즈의 조용한 숲 속 장미꽃 아래서
우리는 종종 마음을 털어놓는다.

내가 방황(彷徨)한 일과 노력한 일
그리고 괴로워한 일과 살아온 일들이
여기 꽃다발 속의 꽃들로 피어 있으며,
젊음이나 늙음도
잘한 일이나 잘못한 일도
노래가 되어 아름답게 피어난다.

AN DIE GÜNSTIGEN

Dichter lieben nicht zu schweigen,
Wollen sich der Menge zeigen.
Lob und Tadel muß ja sein!
Niemand beichtet gern in Prosa;
Doch vertraun wir oft sub rosa
In der Musen stillem Hain.

Was ich irrte, was ich strebte,
Was ich litt und was ich lebte,
Sind hier Blumen nur im Strauß;
Und das Alter wie die Jugend,
Und der Fehler wie die Tugend
Nimmt sich gut in Liedern aus.

연인(戀人)의 곁

햇빛이 바다를 비출 때
　　나는 그대를 생각하노라
달 그림자 샘에 어릴 때
　　나는 그대를 생각하노라.

먼 길 위에 먼지 자욱이 일 때
　　나는 그대 모습 보노라
깊은 밤 좁은 길을 나그네가 지날 때
　　나는 그대 모습 보노라.

물결이 거칠게 출렁일 때
　　나는 그대 목소리 듣노라
모두가 잠든 고요한 숲 속을 거닐면
　　나는 또한 그대 목소리 듣노라.

그대 멀리 떨어져 있어도 나는 그대 곁에
　　그대는 내 곁에 있도다!
해는 기울어 별이 곧 반짝일 것이니
　　아, 그대 여기에 있나면!

NÄHE DES GELIEBTEN

Ich denke dein, wenn mir der Sonne Schimmer
Vom Meere strahlt;
Ich denke dein, wenn sich des Mondes Flimmer
In Quellen malt.

Ich sehe dich, wenn auf dem fernen Wege
Der Staub sich hebt;
In tiefer Nacht, wenn auf dem schmalen Stege
Der Wandrer bebt.

Ich höre dich, wenn dort mit dumpfem Rauschen
Die Welle steigt.
Im stillen Haine geh ich oft zu lauschen,
Wenn alles schweigt.

Ich bin bei dir, du seist auch noch so ferne,
Du bist mir nah!
Die Sonne sinkt, bald leuchten mir die Sterne.
O wärst du da!

발 견

나 홀로
숲 속을 거닐었네
무엇을 찾으려는
생각도 없이.

그늘 속에 피어 있는
꽃 한 송이를 보았네
별처럼 빛나고
눈망울처럼 예쁜 꽃.

그 꽃을 꺾으려니
가냘프게 속삭이네
꺾여서 내가 시들면
좋겠어요?

작은 뿌리째
나는 그 꽃을 캐어내
예쁜 집
정원으로 날라 왔네.

조용한 자리를 잡아
다시 심으니
이제 그 꽃 가지 뻗고
꽃은 계속 피어나리라.

GEFUNDEN

Ich ging im Walde
So für mich hin,
Und nichts zu suchen,
Das war mein Sinn.

Im Schatten sah ich
Ein Blümchen stehn,
Wie Sterne leuchtend,
Wie Äuglein schön.

Ich wollt es brechen,
Da sagt' es fein:
Soll ich zum Welken
Gebrochen sein?

Ich grubs mit allen
Den Würzlein aus,
Zum Garten trug ichs
Am hübschen Haus.

Und pflanzt es wieder
Am stillen Ort;
Nun zweigt es immer
Und blüht so fort.

현 신(現身)

모든 것이 그대의 출현(出現)을 알린다!
찬란한 태양이 나타나면
나는 바라노니, 그대도 곧 뒤따르리라.

그대 정원에 나서면
그대는 장미 중의 장미
백합 중의 백합이로다.

그대 춤추기 시작하면
모든 별들이 춤춘다
그대와 함께 그대 주위에서.

밤! 밤이었으면!
사랑으로 흘러넘치는 달빛조차
그대 아름다움을 따르지 못하리라.

그대는 우아(優雅)하고 사랑스러워
꽃과 달 그리고 별들이
그대 태양을 섬기리로다.

태양이여, 그대 역시 나에게
화창한 날들의 창조자가 되어
영원한 생명을 누리리라.

GEGENWART

Alles kündet dich an!
Erscheinet die herrliche Sonne,
Folgst du, so hoff' ich es, bald.

Trittst du im Garten hervor,
So bist du die Rose der Rosen,
Lilie der Lilien zugleich.

Wenn du im Tanze dich regst,
So regen sich alle Gestirne
Mit dir und um dich umher.

Nacht! und so wär' es denn Nacht!
Nun überscheinst du des Mondes
Lieblichen, ladenden Glanz.

Ladend und lieblich bist du,
Und Blumen, Mond und Gestirne
Huldigen, Sonne, nur dir.

Sonne! so sei du auch mir
Die Schöpferin herrlicher Tage;
Leben und Ewigkeit ist's.

방랑자의 밤노래

그대, 하늘에서 내려온 자,
모든 괴로움과 고통(苦痛)을 잠재우는 자여,
더없이 비참(悲慘)한 자를 만나면
더없이 신선한 활기(活氣)를 충만(充滿)시키는 자,
——아, 나는 이제 삶에 지쳤노라
고통과 쾌락(快樂), 이 모든 것이 무엇인고? ——
감미로운 평화여,
오라, 아 내 가슴으로 오라!

WANDRERS NACHTLIED

Der du von dem Himmel bist,
Alles Leid und Schmerzen stillest,
Den, der doppelt elend ist,
Doppelt mit Erquickung füllest,
——Ach, ich bin des Treibens müde,
Was soll all der Schmerz und Lust?——
Süßer Friede,
Komm, ach komm in meine Brust!

Ⅳ. 두 세계(世界) 사이에서

서　시(序詩)

스스로의 이름으로 창조하시는 분!
영원히 창조하시되
그 이름으로 믿음을 창조하시고
사랑과 일과 힘을 창조하시고,
그 이름은 자주 불리우면서도
그 본질(本質)은 항상 알 수 없는 이름이로다.

들을 수 있고 볼 수 있는 한
그대는 그 분을 닮아 알려진 것일 뿐,
순식간의 불빛으로 빛나는 그대 정신은
신(神)의 비유(比喩)이며 표상(表象)에 불과하여
그것이 그대 마음을 끌고 기쁘게 해 주니
그대 거니는 곳이 길이요 안식처로다
그대는 헤아릴 수 없고 시간으로 잴 수 없으니
발걸음마다 무한(無限)하도다.

PROOEMION

Im Namen dessen, der Sich selbst erschuf!
Von Ewigkeit in schaffendem Beruf;
In Seinem Namen, der den Glauben schafft,
Vertrauen, Liebe, Tätigkeit und Kraft;
In Jenes Namen, der, so oft genannt,
Dem Wesen nach blieb immer unbekannt:

So weit das Ohr, so weit das Auge reicht,
Du findest nur Bekanntes, das Ihm gleicht,
Und deines Geistes höchster Feuerflug
Hat schon am Gleichnis, hat am Bild genug;
Es zieht dich an, es reißt dich heiter fort,
Und wo du wandelst, schmückt sich Weg und Ort;
Du zählst nicht mehr, berechnest keine Zeit,
Und jeder Schritt ist Unermeßlichkeit.

한밤중에

한밤중에 나는 가고 싶지 않은 길을 갔다
아주 어린 소년시절 저 묘지(墓地)를 따라
목사(牧師)인 아버지의 집으로, 그때 별들은
총총히 아름답게 반짝이고 있었지,
　　한밤중에.

세월이 흐르고 내 사랑스러운 연인에 끌려
멀리 삶의 세상으로 나가야 했을 때
별들과 북극광(北極光)이 하늘에서 다투는데
나는 오가며 축복(祝福)을 받아들였지,
　　한밤중에.

그리고 먼 훗날 만월(滿月)의 밝은 빛이
어두운 내 마음 속을 명료하게 비추었고
지난 일과 다가올 일들 주위를 내 상념(想念)은
신중하고 재빠르게 휘감고자 했느니,
　　한밤중에.

UM MITTERNACHT

Um Mitternacht ging ich, nicht eben gerne,
Klein, kleiner Knabe, jenen Kirchhof hin
Zu Vaters Haus, des Pfarrers; Stern am Sterne
Sie leuchteten doch alle gar zu schön;
Um Mitternacht.

Wenn ich dann ferner in des Lebens Weite
Zur Liebsten mußte, mußte, weil sie zog,
Gestirn und Nordschein über mir im Streite,
Ich gehend, kommend Seligkeiten sog;
Um Mitternacht.

Bis dann zuletzt des vollen Mondes Helle
So klar und deutlich mir ins Finstere drang,
Auch der Gedanke willig, sinnig, schnelle
Sich ums Vergangne wie ums Künftige schlang;
Um Mitternacht.

신 랑(新郎)

한밤중에 나는 잠들었지만 가슴 속에는
사랑의 감정이 대낮처럼 깨어 있었네
낮이었어도 내게는 밤인 양 여겨졌으니
낮의 그 많은 일이 내게 무슨 소용 있으랴.

그녀는 없었네, 한낮에 더위를 무릅쓰고
그녀만을 위해 열심히 일하고 노력하였으니
서늘한 저녁이면 생활에 힘이 솟누나!
보람차고 기쁜 저녁이었네.

해는 저물어 손에 손잡고 약속하면서
우리는 마지막 축복의 빛에 인사했네
그리고 맑은 눈을 마주 보며 눈으로 말했네
부디 해는 동쪽에서 다시 떠오르리.

한밤중에 아리땁게 꿈꾸며 잠자는
그녀 문턱으로 별빛이 인도하네
오, 나 역시 그 곳에서 쉬었으면,
인생은 어떻든 정말 멋진 것.

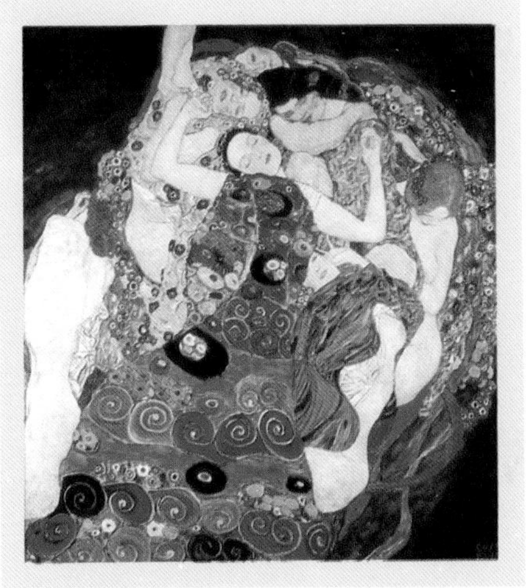

DER BRÄUTIGAM

Um Mitternacht, ich schlief, im Busen wachte
Das liebevolle Herz, als wär' es Tag;
Der Tag erschien, mir war, als ob es nachte,
Was ist es mir, so viel er bringen mag.

Sie fehlte ja, mein emsig Tun und Streben
Für sie allein ertrug ich's durch die Glut
Der heißen Stunde, welch erquicktes Leben
Am kühlen Abend! lohnend war's und gut.

Die Sonne sank, und Hand in Hand verpflichtet
Begrüßten wir den letzten Segensblick,
Und Auge sprach, ins Auge klar gerichtet:
Von Osten, hoffe nur, sie kommt zurück.

Um Mitternacht! der Sterne Glanz geleitet
In holdem Traum zur Schwelle, wo sie ruht.
O sei auch mir dort auszuruhn bereitet,
Wie es auch sei das Leben es ist gut.

봄은 해마다

꽃밭은 어느 새
언덕이 되어 흔들거리고
그 곳에서 작은 꽃송이들이
새하얗게 나풀거린다.
사프란이 활짝 피어
작열(灼熱)해 있고
스마라그드 꽃순도
핏빛으로 돋아난다.
앵초꽃은 의기양양하게
뽐내고 있고
약삭빠른 제비꽃은
애써 숨는다.
언덕에 존재하는 만물이
꿈틀거리고 피어나니
완연히, 봄은
소생(蘇生)하며 활동하도다.

정원에는 꽃들이
화창하게 피어나니
그것은 사랑하는 사람의
고운 마음이로다.
그 곳에는 끊임없이 나를 향한
불타는 눈길에
노래가 흘러나오고
즐거운 말이 샘솟는다.
언제나 열려 있는
꽃들의 마음은
진지한 가운데 정답고
익살스런 가운데 순수하다.
장미와 백합이 피는
여름이 와도
봄의 꽃들은
지지 않으리라.

FRÜHLING ÜBERS JAHR

Das Beet schon lockert
Sich's in die Höh',
Da wanken Glöckchen
So weiß wie Schnee;
Safran entfaltet
Gewalt'ge Glut,
Smaragden keimt es
Und keimt wie Blut.
Primeln stolzieren
So naseweis,
Schalkhafte Veilchen
Versteckt mit Fleiß;
Was auch noch alles
Da regt und webt,
Genug, der Frühling
Er wirkt und lebt.

Doch was im Garten
Am reichsten blüht,
Das ist des Liebchens
Lieblich Gemüt.
Da glühen Blicke
Mir immerfort,
Erregend Liedchen,
Erheiternd Wort.
Ein immer offen,
Ein Blütenherz,
Im Ernste freundlich
Und rein im Scherz.
Wenn Ros' und Lilie
Der Sommer bringt,
Er doch vergebens
Mit Liebchen ringt.

은행잎

동양(東洋)에서 건너와 내 정원에
정들어 살고 있는 이 나뭇잎, 그것은
신비(神祕)한 뜻을 지니고 있어
그 뜻을 아는 이에게 기쁨을 주네.

한 생명체로 살던 존재가
둘로 나뉘어진 것일런가?
서로 선택해 화합하려는 두 개의 존재이거늘
우리가 하나로 알고 있음일런가?

이런 의문(疑問)에 싸이다가, 마침내
나는 그 참뜻을 찾아냈으니
그대는 내 노래로 말미암아 깨달을지어다
내가 곧 하나이면서 둘이라는 진리(眞理)를.

GINGKO BILOBA

Dieses Baums Blatt, der von Osten
Meinem Garten anvertraut,
Gibt geheimen Sinn zu kosten,
Wie's den Wissenden erbaut.

Ist es ein lebendig Wesen,
Das sich in sich selbst getrennt?
Sind es zwei, die sich erlesen,
Daß man sie als eines kennt?

Solche Frage zu erwidern,
Fand ich wohl den rechten Sinn;
Fühlst du nicht an meinen Liedern,
Daß ich eins und doppelt bin?

목동(牧童)의 탄식의 노래

저편 산등성을 오르려다
나는 수없이 멈추어 서서
지팡이에 몸을 기대고
골짜기를 내려다보노라.

풀 뜯는 양떼를 뒤따르다
개에게 맡겨 놓고
어떻게 왔는지 나도 모르게
산을 내려왔노라 !

저기 아름다운 꽃들이
들판 가득히 피었네
그 꽃을 바칠 사람 없건만
나는 그것을 꺾어 보노라.

비오고 폭풍이 몰아쳐
나무 아래 몸을 피한다
저 건너 집 문은 잠겨 있으니
모든 바램은 꿈이었던가.

무지개가 한 줄기 피어올랐네!
바로 그 집 언저리가 아니었던가
그러나 그녀는 이미 가고 없으니
멀고 먼 나라로 가버렸는가.

저 먼 나라에서 더 멀리로
아마도 바다 건너 갔으리라
양떼여, 가자, 끝난 일이로다!
목동의 가슴은 한없이 아팠노라.

SCHÄFERS KLAGELIED

Da droben auf jenem Berge,
Da steh ich tausendmal,
An meinem Stabe gebogen,
Und schaue hinab in das Tal.

Dann folg ich der weidenden Herde,
Mein Hündchen bewahret mir sie.
Ich bin herunter gekommen
Und weiß doch selber nicht wie.

Da stehet von schönen Blumen
Die ganze Wiese so voll.
Ich breche sie, ohne zu wissen,
Wem ich sie geben soll.

Und Regen, Sturm und Gewitter
Verpaß ich unter dem Baum.
Die Türe dort bleibet verschlossen;
Denn alles ist leider ein Traum.

Es stehet ein Regenbogen
Wohl über jenem Haus!
Sie aber ist weggezogen,
Und weit in das Land hinaus.

Hinaus in das Land und weiter,
Vielleicht gar über die See.
Vorüber, ihr Schafe, vorüber!
Dem Schäfer ist gar so weh.

두 세계(世界) 사이에서

오직 한 여인(女人)에게 소속되고
오직 한 남자만을 사모(思慕)하니
그것이 정말 내 마음과 뜻에 일치하도다!
아주 가까이서 행복을 주는 리다여,
아주 높이 빛나는 별 같은 윌리암이여,
그대들 덕분에 지금 내가 있노라
그때 그 시절(時節)은 사라졌지만
내 귀(貴)한 것이 모두
그 시절에 얻은 것이로다.

ZWISCHEN BEIDEN WELTEN

Einer Einzigen angehören,
Einen Einzigen verehren,
Wie vereint es Herz und Sinn!
Lida, Glück der nächsten Nähe,
William, Stern der schönsten Höhe,
Euch verdank' ich, was ich bin;
Tag' und Jahre sind verschwunden,
Und doch ruht auf jenen Stunden
Meines Wertes Vollgewinn.

줄라이카

당신은 수많은 시(詩)를 지어
여기저기 그 노래를 보냈군요
당신의 손으로 지은 아름다운 글을.
철자법까지 잘 다듬어서
화려하게 묶고 금빛 표지로 둘러
예쁘게 마음을 끄는 여러 책을 보냈군요?
당신이 시집(詩集)을 보낸 곳에서는 언제나
그것은 영락없이 사랑의 담보(擔保)가 되었지요?

SULEIKA

Sag', du hast wohl viel gedichtet,
Hin und her dein Lied gerichtet,
Schöne Schrift von deiner Hand,
Prachtgebunden, goldgerändet,
Bis auf Punkt und Strich vollendet,
Zierlich lockend, manchen Band?
Stets, wo du sie hingewendet,
War's gewiß ein Liebespfand?

「영원한 인간성・보편성」을 노래한 천재시인

——괴테의 시세계(詩世界)——

박 찬 기
(고대 교수・괴테학회 회장)

I. 괴테의 시(詩)세계

요한 볼프강 폰 괴테(*Johann Wolfgang von Goethe*)의 시는 언제 읽어도 소박하고 단정하여, 대체로 저항감 없이 수용되며, 자연스럽게 우리의 마음에 와 닿는다. 괴테와 같은 시대에 활약하여 독일 고전주의의 쌍벽(괴테와 더불어)으로 일컬어지는 쉴러(*F. Schiller*)도 그의 미학론(美學論)에서 괴테의 특색을 '소박문학'이라고 규정하였고, 자기 자신의 특성인 '감상문학'과 구별하여 논한 바 있다.

실제로 괴테는 창작에서 꾸밈없이 자신의 내면을 솔직하게 토로하였기 때문에 극히 자연스러움 속에 위대한 조화를 견지할 수 있었던 시인이다. 쉴러나 토마스 만의 작품이 단어의 선택으로부터 그 한 구절 한 구절에 이르기까지 뼈를 깎는 듯한 노력의 결실이었음에 비해, 괴테의 언어표현은 마치 힘 안들이고 술술 풀려나오는 언어의 마술사적 현상이었다고 할 수 있다. 바꾸어 말하면 괴테는 머리로 생각해서 시를 만들어 낸 것이 아니라, 가슴 속에서 먼저 시(詩)가 발생하여 자연히 우러나오는 것을 그대로 종이에다 적어 내려가는 작업이었다고 하겠고, 이미 그 예술성은 그의 본능 속에서 발효되어 있었다고도 할 수 있을 것이다.

그러나 괴테 시의 가치는 그러한 예술성이나 감각적 감동을 일으키는 서정성(抒情性)에 그치지 않는다. 그의 시가 지니는 보다 높은 가치는 근원적으로 인간의 마음을 순화시키는 그 신비스러운 힘과 그 시(詩) 속에 담겨져 있는 고매한 지혜 또는 사상, 그리고 엘리어트(*T. S. Eliot*)도 지적했듯이 그의 작품이 가지는 '영원한 인간성과 보편성'에 있었던 것이다. 엘리어트는 말하기를, "시적 감동에 있어서 영국의

워즈워드가 영국인에게 끼친 영향은, 괴테의 독일인에 대한 경우와 비해서 결코 손색이 없었습니다. 그러나 그는 영국 이외의 유럽인들에게는 괴테와 같은 영향력을 갖지 못했던 것은 사실입니다. 그리고 횔덜린 *(F. Hölderlin*—독일 시인)의 작품이 때로는 괴테 이상의 영감(靈感)으로 충만될 수 있었다고 주장하는 것이 허용됩니다만, 과연 그가 괴테와 같이 독일의 국경을 넘어서 널리 인류(人類) 전체에게 영적(靈的)인 공헌을 할 수 있었겠습니까."

이것은 소위 괴테문학의 영원성, 우주성(宇宙性), 그리고 그 고차원적인 예술성을 강조한 부분인 것이다.

괴테는 예술가의 신비스러운 힘의 근원과, 시대와 국경을 초월하는 영원한 인간성의 바탕을 '자연' 속에서 추구하였다. 다음 시는 괴테 자신의 표현으로, 그의 자연에 대한 그리고 예술에 대한 관점을 보여준다.

오오 예술가의 내면의 창조력이
내 마음 속을 꿰뚫고 울려퍼졌으면!
그리하여 풍성한 예술성의 과일이
내 손가락 사이로부터 솟아올라 왔으면!

'자연'이여! 나는 갈구하노라
진실과 사랑으로 그대를 느끼고자 갈구하노라!
그대, 하나의 맑고 밝은 샘물,
그것이 다양(多樣)한 여러 물줄기로 갈라져 내게 작용하리니,

그대의 온갖 능력이 나의 감각을 거쳐
내 마음 속에서 생기를 얻게 되고,
여기 내 자신의 존재마저도
그대를 통하여 무한히 확대되리라——영원으로까지!

——〈예술가의 저녁노래〉 중에서——

이와 같이 괴테의 시심(詩心)은 끊임없이 자연과 합치하고 합일(合一)하려 하는 것이었다. 그래서 그의 시를 읽으면 스스로 마음이 밝고

명랑해지며, 동시에 한층 깊은 차원의 인생의 지혜와 공감을 얻게 되는 것이 아닌가 생각된다.

괴테 시의 내용의 다양성과 더불어 시형(詩形)의 풍부함도 하나의 특색으로 지적할 수 있겠다. 그는 그 유명한 극시(劇詩) 「파우스트」에서 너무나 여러 가지의 시형(詩形)을 바꾸어 가면서 사용했기 때문에 작품 전체의 통일성이 손상되었다는 비난을 받기도 했다. 괴테는 그때 그때의 장면에 따라 그 내용에 적합한 형식을 자유자재로 선택한 것이다. 그는 독일 고유의 시형식의 특색도 계승하였지만, 각종의 운율이나 리듬을 적절하게 활용하여 독일 시의 새로운 활력을 이끌어냈다.

2. 괴테 시의 시대구분과 여성의 영향

괴테 자신이 나이가 들어갈 수록 인간으로서 성숙했을 뿐 아니라, 그의 예술과 사상이 끊임없이 변혁과 발전을 거듭하였으니, 인간으로서의 발전단계와 그의 시의 시대구분은 지극히 밀접한 연관성을 지닐 수밖에 없었다.

대체로 크게 나누어서 다음과 같이 4단계로 구분하는 것이 통례이다.(물론 그것은 다시 여러 시기로 세분하게 된다.)

(1) 초기시 : 청소년기. 감상적이고 아나크레온 *(Anakreon)*류의 기교가 있다.

(2) 폭풍노도기 : 소위 스트룸 운트 드랑 *(Sturm und Drang)*이며 영웅주의 내지 천재시대를 대변한다. 소박하고 정열적인 것이 특색.

(3) 고전주의 시대 : 세련되고 우아한 예술의 본질을 추구, 특히 고대(古代) 그리스·로마의 고전(古典)정신과 형식성을 숭상하였음.

(4) 만년(晩年)의 시 : 쉴러의 죽음 이후, 특히 서동시집(西東詩集) 이후 인생의 깊은 뜻과 예지로 표현.

여성(女性)과의 접촉을 통해 새로운 시풍(詩風)이 발생한 것인지, 또는 그 시점(轉換期)의 정신이 새로운 여성관계를 유발시킨 것인지 분간할 수는 없지만, 괴테는 문학발전의 각 시기마다, 거기에 적합한 애인을 얻게 되는 행운의 소유자였다. 21세의 대학생 괴테는 슈트라스부르크에 유학하면서 '폭풍노도'의 문학사적 대전환을 이룩하였을 때, 청순한 처녀 프리데리케를 만났다. 그는 그녀의 티없이 소박하고 목가적(牧歌的)인 매력에 이끌렸다. 그림같이 아름다운 자연과 시와 같이 달콤한 사랑에 빠진 젊은 괴테는 그녀와 대자연을 함께 찬미하는 노래를 연속적으로 작시(作詩)하여 그녀에게 바친 것이다.

대자연은…… 얼마나 찬란히 빛나는가 ── (중략) ──
오, 대지여, 태양이여!
오, 행복이여, 환희여!
──〈5월의 축제(祝祭)〉 중에서 ──

너무 직선적이고 장식이 없는 이러한 시풍은 그 당시로서는 하나의 충격이었다.

지나치게 장식적이었던 그 시대의 문체를 과감히 탈피한 괴테는 문학사적으로 큰 전환을 선도한 것이 되었고, 그 시풍이 바로 시대의 문체가 된 것이다. 그러나 예술은 한 자리에 오래 머무르지 못한다. 괴테는 1년 후 프리데리케를 버리고 그 곳을 떠났다. 이것이 괴테의 두 번째 도피인데, 그때 그때의 여성으로부터 최대의 것을 섭취한 다음 (물론 정신적으로), 자신의 보다 높은 비약을 위하여 떠나는 것이, 그와 같은 천재시인을 낳기 위하여 불가피하다고는 하지만, 그가 나중까지 도덕적 비난을 받는 이유이기도 하다.

4년 후 괴테는 좋은 가정 출신의 재원 릴리와 약혼하였다. "릴리야말로 진실로 깊이 사랑한 최초의 여자이며 내가 행복에 그처럼 접근한 적은 없었다."(엑커만과의 대화) 그러나 괴테는 약혼한 지 한 달도 채 못되어서 후회한다. "자유를 동경하는 마음의 격동이 가정적인 행복의 항구로 접근하는 인생의 배를 다시 먼 바다로 밀어냅니다." 그의 천재적 시정신이, 혹시나 결혼에 얽매여 썩게 될까봐 본능적 자위작용을 한 모양이었다. 그러나 그 아름다운 릴리를 사랑하는 애틋한 마음은 그대로 살아 있어서, 스위스로 여행(이것이 제4의 도피)하면서도 그녀를 잊지 못하고 "그리운 릴리여 내가 만약 그대를 사랑하지 않았더라면……"〈산상(山上)에서〉 등의 애절한 작품을 남겼다.

그러나 한편 괴테는 그때 바이마르로 가는 중대한 결단을 내렸고, 그것이 또한 시인으로서의 크나큰 방향전환의 신호이기도 하였다.

괴테에게 '바이마르'는 바로 고전주의에로의 대전환을 의미하였고,

그것이 또한 문학사에 빛나는 위대한 시기에 해당되는 것이다. 그런데 여기서도 우리는 한 여성을 발견하게 되니, 그녀가 바로 슈타인 부인이었다. 그녀는 괴테의 일생에서 누구보다도 큰 영향을 끼친 여성일 것이다. 그는 그녀로부터 세련된 여성의 품위와 조화로운 예술의 정신을 배우려 하였다. 독일적인 폭풍노도의 혈기를 지양하고, 우아하고 절도 있는 고전 예술의 드높은 이상(理想)을 추구하려 한 것이다.

바이마르에서 10년 간 괴테는 슈타인 부인을 열렬히 사모했으며, 문학 예술의 분야 뿐 아니라 개인적으로나 사회적으로 귀중한 체험을 얻었고 후일의 위대한 업적을 위한 기반을 마련하였다.

서정시의 분야에서도 그 무렵 〈눈물 속의 위안〉, 〈나그네의 밤노래〉, 〈마왕(魔王)〉 등 뛰어난 작품들이 무수히 발표되었는데, 그 모두가 슈타인 부인의 직접·간접적인 영향을 받은 것임은 말할 것도 없다. 괴테의 고전주의는 그러나 1786년 이태리 여행으로 완성된다고 할 수 있는데, 그것은 아이러닉하게도 슈타인 부인으로부터 벗어남으로써(즉, 제5의 도피) 실현되었다고 할 수 있다.

이와 같이 해서 괴테가 일생동안 사랑했던 여성은 9명에 이르는데, 한 가지 꼭 언급하고 싶은 것은, 괴테의 여성에 대한 태도가 언제나 진실하였다는 사실이다. 즉, 매번 오직 그 한 여성만을 지극히 순수하게 사랑하였고, 그때마다 자기 자신을 다 바치는 태도, 여성을 마음 속으로부터 존중하고 위하는 정신이었던 것이다. 그래서 그의 필생의 대표작 「파우스트」의 마지막 장면에서 다음과 같은 구절을 이해할 수 있는 것이다.

> 영원(永遠)한 여성(女性)이 우리를 이끌고 올라간다.
> *Das ewig Weibliche zieht uns hinan.*

3. 괴테의 문학사적 이정표

1749년 8월 28일, 마인 강변 프랑크푸르트 시에서 출생. 1773년 「젊은 베르테르의 슬픔」으로 일약 유럽 전체에서 큰 명성을 떨침. 1775년 바이마르의 영주 초청으로 그 곳을 방문하였다가 정착하게 됨. 문학 예술 분야의 활약 뿐 아니라 그 나라의 정치 경제 등 모든 분야에서 책임 있는 활동. 1786년 독일 고전주의의 기념비적인 작품 「이피게니에」 발표, 1794년 쉴러와 친교를 맺고 둘이 협력하여 독일 문학에 큰 공헌을 남김. 1788년 크리스티아네와 사실상의 결혼생활(결혼식은 1806년). 1795년 「빌헬름 마이스터의 수학시대(修學時代)」, 1809년 「친화력(親和力)」, 1815년 「에피메니데스의 각성」, 1819년 「서동시집(西東詩集)」. 이 작품(서동시집)과 연관되어 또 한 여성 *(Marianne)*과의 열렬한 사랑이 있었음(그녀의 답시 일부가 서동시집에 수록됨). 1816년 부인 크리스티아네 사망. 1823년 피서지 마리엔바트에서 74세의 괴테가 19세 소녀 울리케를 열렬히 사랑하여 정식 구혼함. 그 결과 연시 「마리엔바트 비가(悲歌)」 탄생. 1829년 「마이스터의 편력시대(遍歷時代)」 완성. 1831년 대표작 극시(劇詩) 「파우스트」 완성. 1832년 3월 16일 바이마르에서 영면(永眠). 마지막 발언 '더 많은 빛을!' *(Mehr Licht)* 남기고…….

세계
명시
선집

□ 옮긴이 - **박 찬 기**

서울대 문리대 독어독문과 졸업 / 서울대 법대·공대·문리대 강사 / 이화여자대학·서강대학·한국외국어대·육군사관학교 강사 / 서울대학 조교수 및 동대학원 강사 / 고려대 문과대 조교수·부교수·교수 역임 / 서독 프랑크푸르트 대학 강사 및 연구교수(1964~1966) / 한국 독어독문학회 회장 / 번역문학상(국제펜클럽 한국본부) 수상(1974) / 한국 괴테학회 회장(1991)

▶ 역서(譯書) – 「파우스트」(괴테), 「군도(群盜」(쉴러), 「단편선」(토마스 만), 「싯달타」(헤르만 헤세) 외 다수

세계명시선집 〈1〉 **괴　　테**

혁신 초판 발행　2021년 8월 31일
옮 긴 이　박 찬 기
펴 낸 이　최 석 로
펴 낸 곳　서 문 당
주　소　경기도 고양시 일산 서구 덕산로 99번길 85
우편번호　10204
전　화　031-923-8258
팩　스　031-923-8259
창립일자　1968년 12월 24일
창업등록　1968.12.26 No.가2367
출판등록　제 406-313-2001-000005호
ISBN　978-89-7243-813-7
초판 발행 1991년 11월 20일
＊파본은 바꾸어드립니다.